ESSAIS POÉTIQUES.

SIMPLES IDÉES

PAR

LÉON-MICHEL DESFOSSEZ.

NEVERS,

IMPRIMERIE DE J.-M. FAY, RUE DES ARDILLIERS,

HÔTEL DE LA FERTÉ.

—

M DCCC LVI.

ESSAIS POÉTIQUES.

SIMPLES IDÉES

PAR

LÉON-MICHEL DESFOSSEZ.

NEVERS.

IMPRIMERIE DE I.-M. FAY, RUE DES ARDILLIERS,

HÔTEL DE LA FERTÉ.

—

M DCCC LVI.

LA RECONNAISSANCE N'EST PAS DE L'AMOUR.

LÉGENDE.

I.

Voyez-vous bien là-bas cette île solitaire,
Comme un nuage bleu que le soleil éclaire
De ses rayons pourprés et dorés ?... C'était là
Que, voilà bien long-temps, vivait heureuse, aimée,
Belle parmi ses sœurs, douce fleur parfumée,
      La jeune et fière Comala.

Les chevaliers venaient, car elle était si belle,
Pour admirer de près la gente jouvencelle,
Et s'en allaient charmés, ravis, le cœur en feu !...
Mais elle s'égarait dans des pensers étranges;
Joyeuse, elle écoutait, acceptait leurs louanges,
Mais leurs tourments d'amour pour elle étaient un jeu.

Peut-on voir sans pitié les douleurs que l'on cause !
Oh ! c'est si doux pourtant quand sur le cœur repose
Un cœur aimé, chéri, qui ne bat que pour vous !...
Comme on doit tressaillir de bonheur, d'allégresse,
Lorsqu'un bras amoureux bien tendrement vous presse,
      Et qu'un baiser dit : Aimons-nous !

Aimons-nous ! car l'amour c'est la plus grande joie,
Le plus grand des bonheurs que Dieu sur terre envoie;
Nos jours sont languissants s'il ne vient les charmer !
On souffre bien souvent..... on aime sa souffrance !
Il fait verser des pleurs... Mais on a l'espérance
Qui les sèche si vite ! On est heureux d'aimer !

Mais elle, Comala, voulait bien être aimée,
Sans que la passion dans son cœur allumée
Y vint porter le trouble et les tourments d'amour !
Plus les adorateurs s'empressaient autour d'elle,
Et plus l'orgueil gonflait son cœnr... Mais la cruelle
    N'en payait aucun de retour.

Si pourtant; triomphant de son indifférence,
Clessamor parmi tous obtint la préférence ;
Mais il était si beau, le jeune chevalier !
Sa voix lorsqu'il disait : Je t'aime ! était si pure !
Il paraissait si grand sous sa pesante armure,
Que son cœur plein d'amour ne put plus l'oublier.....

II.

L'Ecosse à cette époque, ainsi qu'un autre Orphée,
Admirait Hidallan et sa harpe enchantée ;
Il en tirait des sons si doux, si gracieux,
Que des pleurs bien souvent venaient mouiller les yeux !
Et de ses ennemis (vraiment c'était merveille !)
Si ses airs enchanteurs venaient frapper l'oreille,
Loin de faire du mal au barde aimé des dieux,
Ils l'envoyaient comblés de présents précieux !...
Il entendit un jour (jour malheureux, poète !)
Parler de Comala, de sa beauté parfaite ;
Il partit, emportant sa harpe, son trésor,
Qu'il estimait cent fois plus précieux que l'or ;
Il aborda dans l'île, il en vit la déesse ;
La voir, c'était l'aimer... Il la suivit sans cesse,
D'un sourire, d'un mot, faisant tout son bonheur,
Supportant, pauvre fou, son orgueilleuse humeur.
Car c'est ainsi l'amour ! nous sommes tous de même,
Tout plaît, jusqu'aux défauts, dans la femme qu'on aime.
Il chanta sa beauté sur des airs si touchants,
Que jeunes et vieillards, tous répétaient ses chants.
Son orgueil fut flatté ; bientôt aussi, la fière,
Elle aima son poète, ainsi qu'on aime un frère ;
Il venait quelquefois, pauvre amant malheureux,

Chanter sous son balcon ses tourments amoureux,
Soupirer sa douleur, en raconter les charmes ;
Souvent en l'écoutant, elle versait des larmes ;
Partait-il, Comala, rêveuse de bonheur,
Songeait à Clessamor qui remplissait son cœur !

III.

Un soir assis tous deux sur l'herbe de la rive,
Il chanta ces doux vers sur sa harpe plaintive :

   « Si j'étais le vent amoureux,
   » Qui passe dans ta chevelure,
   » J'embaumerais mon souffle heureux,
   » Au parfum de ta lèvre pure ;
   » Oh ! comme je rafraîchirais
   » Ce front si blanc que c'est merveille.
   » Doux zéphir, je murmurerais
   » Des noms d'anges à ton oreille !

   » Si j'étais le petit oiseau
   » Qui gazouille dans le feuillage,
   » Alors qu'assise au bord de l'eau
   » Tu reposes sous quelque ombrage,
   » Mille fois mieux je chanterais
   » Pour égaler ta voix si tendre ;
   » Quels airs d'amour je te dirais,
   » Et ton cœur saurait les comprendre !

   » Oh ! si j'étais la tendre fleur
   » Où l'abeille au matin voltige,
   » Que je sourirais de bonheur
   » Si tu me cueillais de ma tige !
   » Beauté douce, odorant parfum,
   » Oui, je voudrais tout en partage,
   » Pour qu'un jour, de ta blanche main,
   » Tu me poses à ton corsage.

» Mais non, pour toi je ne suis rien,
» Rien qu'un indifférent qui passe,
» Je t'aime ! et ton cœur le sait bien,
» Ton cœur où je n'ai pas de place !
» Et pourtant le vent cessera,
» La fleur fermera son calice,
» Pour toujours l'oiseau se taira,
» Avant que mon amour finisse !..... »

Le dernier son vibra, s'éteignit lentement,
Sa harpe de sa main s'échappa doucement.

IV.

Veux-tu m'aimer un jour ? demandait le poëte,
Un beau soir sur la rive à la belle coquette ;
Les étoiles brillaient, c'était plaisir à voir ;
Dans ce cœur tout brûlant pour nourrir quelque espoir,
Sans un mot, l'orgueilleuse avec un doux sourire
Enflammait Hidallan ivre, comme en délire !
Elle était ce soir là, dans sa franche gaîté,
Plus belle que la mer par une nuit d'été.
Et le cœur d'Hidallan, se gonflant de tendresse,
Débordait de bonheur aux pieds de sa maîtresse ;
Oh ! quand on aime, il faut si peu pour enchanter !
Lors, saisissant sa harpe, il se prit à chanter :
« Il est si doux d'aimer avec l'amour de l'âme,
» Quand le cœur est compris par le cœur d'une femme
        » Dont la voix sait charmer ;
» Lorsque ses lèvres d'ange, en un moment suprême,
» Au milieu d'un baiser murmurent : Oh ! je t'aime !
        » Il est bien doux d'aimer.

» Aimer ! ce mot magique et tout rempli de charmes,
» Qui de l'infortuné sait essuyer les larmes,
        » Qui calme la douleur ;
» Sentir brûler son sang dans une ardente ivresse,
» Aimer comme je t'aime, ô belle enchanteresse !
        » Oui, c'est là le bonheur !

» Je t'aime, ange du ciel, exilé sur la terre,
» Comme le rossignol au buisson solitaire
   » Aime ses plus doux chants ;
» Comme la fraîche rose à la feuille embaumée,
» Aime aspirer le soir la brise parfumée,
   » Haleine du printemps.

» Oui ! je t'aime ! je t'aime ! ô ma belle adorée,
» Comme j'aime l'étoile, émeraude sacrée,
   » Qui scintille au ciel pur !
» Si je pouvais mourir d'un baiser sur tes lèvres !
» Je puise des désirs les délirantes fièvres
   » Dans tes beaux yeux d'azur !

» Oh ! malgré ses tourments, l'amour est une joie
» Qui prend tout cœur aimant comme facile proie,
   » Afin de l'enflammer !
» L'amour, c'est tout ! honneur, fidélité, patrie !
» C'est le tyran de tous ! c'est le ciel, c'est la vie !...
   » Oh ! qu'il est doux d'aimer ! »

V.

Les chants étaient finis, elle écoutait encore
Ces vers brûlants, remplis d'un amour qui dévore ;
Ses yeux étaient mouillés, douces étaient leurs pleurs !
Rêveuse, elle entourait de guirlande de fleurs
La harpe du poète... Et lui dans la prairie
S'éloigna pour cueillir la pervenche fleurie ;
Il en voulait orner les cheveux d'or soyeux
Qui couronnait le front de son ange des cieux ;
Pendant qu'il s'éloignait en soupirant, la belle
Aperçut sur la rive une barque auprès d'elle ;
Elle y monta, la folle, et rama vivement.
« Adieu, mon barde, adieu, » dit-elle à son amant,
Qui la cherchait alors sur le bord du rivage,
« Tu ne me verras plus ; contemple mon visage
» Pour la dernière fois à la clarté des cieux ;
» Et j'emporte ta harpe... Accepte mes adieux ! »

C'est ainsi qu'en riant folâtrait la charmante ;
Elle allait revenir... Mais la mer écumante
Se soulève... Les vents mugissent furieux,
Le ciel devient tout noir... L'île fuit à ses yeux...
L'éclair brille, la foudre en grondant avec rage
Frappe au loin les échos de rivage en rivage ;
« Hidallan, cria-t-elle, Hidallan, sauve-moi. »
Sur sa barque debout, palpitante d'effroi,
Vers cette île qui fuit, que l'éclair seul enflamme,
Elle tend ses deux mains, laisse échapper la rame :
« Hidallan, sauve-moi ! mon Dieu, je vais périr !
» Hidallan ! Hidallan ! viens-tu me secourir ! »
Dans les flots il s'élance au milieu des ténèbres,
Et plus la barque fuit, plus les cris sont funèbres :
Courage, Comala, ne désespère pas,
Ton amant saura bien t'arracher au trépas !
Redoublant de vigueur, il nage, il est près d'elle !...
Comala sur son cœur s'élance, et la nacelle,
Conduite par l'effort d'un bras plus vigoureux,
Traverse sans danger les écueils dangereux.......
Il la saisit, la serre, encor toute craintive
De son péril passé, la pose sur la rive,
Derrière ce rocher qui s'élance des eaux ;
Mais le vent soufflait froid, il augmentait les maux
De Comala tremblante... Et le noble poète,
Sans craindre pour son corps la pluie et la tempête,
Ote ses vêtements afin de l'en cacher.
Puis, ainsi qu'un chamois, de rocher en rocher,
Il s'élance et découvre une grotte profonde
Dans ce roc nu qui sort comme un géant de l'onde,
OEuvre de la nature et des siècles... C'est là,
Comme une mère un fils, qu'il porte Comala.
Il baise ses deux mains, sur son cœur il la presse,
Et de l'avoir sauvée il palpite d'ivresse,
Et dans le même instant se livre à la douleur,
Car de la mort déjà son front a la pâleur.
La voir inanimée, oh ! c'est peine cruelle
Pour le cœur d'Hidallan !.. J'ai froid, murmure-t-elle.
Le ciel était en feu, la tempête et les vents

Sifflaient. Il sort... Ne voit que des sables mouvants,
Pas un arbre, un roseau, rien ! une steppe immense !
Oh ! la laisser mourir, criait-il en démence !
Il revole à la grotte ; elle était toujours là
Sans aucun sentiment... Comala ! Comala !
Faut-il mourir ici de ce froid qui dévore !
Oh ! Comala, réponds à ma voix qui t'implore !
Pâle et froide toujours !.. Mon Dieu, ne rien pouvoir !..
Et le barde se tord les mains de désespoir ;
Des sanglots déchirants sortent de sa poitrine ;
Il implore en pleurant la clémence divine.....
Mais il voit tout-à-coup sa harpe aux doux accords...
Oh ! sa harpe !!! Il la prend sans regrets, sans remords,
Il la brise ; et bientôt la flamme pétillante
Réchauffe Comala de sa chaleur brillante ;
Elle reprend ses sens ; à son libérateur
Jette un tendre sourire, un sourire du cœur,
Un de ces longs regards qui disent tant de choses ;
Son visage a repris ses douces couleurs roses ;
Et pressant sur son cœur le barde doucement :
« Sois, dit-elle, aujourd'hui, mon époux, mon amant !
» Je t'aime et je connais ton cruel sacrifice ! »
Le poète écoutait la voix consolatrice ;
Sur la harpe fumante une larme coula,
Larme non de regret !... Ce fut tout... Comala
Avec un long baiser essuya cette larme !...
Qu'ils sont doux les bonheurs de ceux que l'amour charme.

VI.

« A présent, Comala, dit-il, je n'ai que toi ;
» Je n'ai plus que ton cœur, ton serment et ta foi ;
   » Mais cet amour est-il sincère ?
» Oh ! je mourrais, vois-tu, si tu me trahissais !... »
« — Non ! je t'aime d'amour... Hier je te chérissais
   » Comme un ami, comme un bon frère ! »

Leur bonheur à tous deux n'avait plus rien d'humain ;
Elle resta long-temps ses deux mains dans sa main,

Cœur sur cœur, et lèvres sur lèvres !
Quelques mots seulement mêlés à des soupirs !
Qu'on doit aimer ainsi s'enivrer des plaisirs
Des frissons d'amoureuses fièvres !

Et l'orage cessa. Les étoiles au ciel
Brillèrent, diamant de l'écrin éternel,
Au milieu de quelques nuages ;
Elles semblaient promettre à ce couple amoureux,
Avenir souriant, douce paix, jours heureux,
Arc-en-ciel après les orages.

Oh ! comme cette nuit en songes se passa !
Dans le fond du rocher Comala reposa
Sur une mousse verdoyante ;
Mais lui, tant son bonheur lui semblait enivrant,
S'assit, rêveur heureux, écoutant, respirant
Le doux souffle de son amante !

Elle dormait encore la tête dans la main,
Le jour paraît, il part, se frayant un chemin
Parmi les rocs de la montagne ;
Il monte, monte toujours, et ses pieds sont en sang !
Que cherche-t-il ainsi le barde au cœur puissant ?
Il veut des fruits pour sa compagne !

Il faut qu'à son réveil elle calme sa faim ;
Précipices, ravins, il passe tout... Enfin
Il arrive, il parvient au faîte ;
Un immense vallon se déroule à ses yeux ;
Tant ils étaient chargés de fruits délicieux,
Les vieux arbres courbaient leur tête !

VII.

Clessamor avait vu pourtant, moment cruel,
Comala, la nacelle et le danger mortel,
Le bonheur d'Hidallan... Quand eût fini l'orage,
Sur sa barque il vogua vers cette île sauvage :

Les flots contre les rocs se brisaient tout plaintifs.
Sa nacelle périt au milieu des rescifs ;
Il nage , aborde , cherche , et la tremblante aurore
Lui montre la caverne. Elle y dormait encore !
Il entre , elle s'éveille et sourit d'un cœur pur ;
L'intérieur du roc était encor obscur.
Elle lui tend la main : « Hidallan , cher poëte,
» Dit-elle, d'où viens-tu ? » — Car cette ombre complète
La trompe. — Clessamor la serre dans ses bras :
« Oh ! Comala, dit-il, en soupirant tout bas,
» Ne reconnais-tu pas cette voix qui t'apelle ?
» La voix de ton amant ? » — « Clessamor, cria-t-elle !
» Est-ce bien lui qui parle ? » — « Oui c'est bien Clessamor
» Qui vient pour te sauver et t'adorer encor ! »
Il parlait, Comala l'écoutait palpitante,
Abandonnant sa main à sa lèvre brûlante ,
« Où donc est Hidallan, dit-elle, mon amant ? »
— « Le barde, ton amant ! » — Presque sans sentiment
Il se roule à ses pieds ; des pleurs sur son visage
Coulent ; et se frayant avec peine un passage,
Des sanglots étouffés s'élancent de son cœur ;
Comme devant la mort il se tord de douleur.
Non, jamais Comala, jamais celle qu'il aime ,
Ne l'avait vu si beau qu'en ce moment suprême !
Elle sentait son cœur se fondre, s'enflammer :
« Clessamor , je ne veux, je ne puis plus t'aimer ! »
Dit-elle. — « Alors, adieu ! Que la mer orageuse
» Soit mon tombeau, dit-il, d'une voix douloureuse. »
Il regarde les flots : c'est là qu'il doit mourir ;
Il maudit cet amour qui l'a fait tant souffrir.
« Je t'aimais bien pourtant, plus que mon existence !
» Et la mort, cria-t-il... voilà ma récompense !!! »
Il voulut s'éloigner... Elle serra sa main...
Et les pleurs de ses yeux coulèrent sur son sein...
De son bras amoureux tendrement il la presse,
La couvre de baisers, la plus douce caresse,
Lui donne les doux noms que prodigue un amant,
Et son cœur bondissait, joyeux en ce moment !
Mais elle , pour le fuir, rappelant son courage,

De ses brûlantes mains se couvre le visage.
Il se jette à ses pieds, il demande la mort,
A moins qu'elle ne l'aime et ne change son sort.
Comme il est éloquent !... Si tendres sont ses plaintes,
Qu'elle sent à sa voix s'évanouir ses craintes ;
Il lui dépeint si bien son martyre amoureux,
Qu'après de longs combats, Clessamor fut heureux !...
Qu'ils sont courts les moments d'ivresse et de délire !
Comala jette un cri, toute prête à maudire,
En reprenant ses sens, son amant fortuné !
Qu'il est faible le cœur par l'amour entraîné !
« Mais j'entends Hidallan, que j'ai trahi, que j'aime !
» Il me tuera sans doute, il se tuera lui-même,
» Dit-elle ; ingratitude !... Hidallan, mon sauveur !
» Et j'ai pu le tromper, sans pitié, sans pudeur ! »
— « Oh ! fuyons, Comala ! » — « Fuyons, répète-t-elle. »
Il la porte en ses bras jusque dans la nacelle
Qu'avait mise Hidallan sous les rocs. — « Clessamor,
» Dit-elle, fuir ainsi, c'est livrer à la mort
» Cet homme infortuné que nous laissons dans l'île,
» Sans moyen de sortir de ce rocher stérile !
» Oh ! mon Dieu, criait-elle, en pleurant dans ses mains,
» A quel dur sacrifice, amour, tu me contrains !... »

VIII.

Il revenait heureux et joyeux, le poète,
Plus léger dans son vol que l'oiseau dans les cieux !
Il accourait, chargé de doux fruits, sa conquête,
Offrir à Comala ses dons délicieux !

Ses regards, par malheur, tombent sur le rivage,
Comala ! Clessamor ! la barque fuit là-bas !
La pâleur de la mort s'étend sur son visage !
Clessamor, son rival ! Comala dans ses bras !...

Comala ! cria-t-il d'une voix frémissante,
Et les échos au loin dirent ce nom charmant,
Et plus étroitement, Comala, blémissante,
Se pressa sur le sein de son heureux amant.

Et la barque vola rapide sur les ondes ;
Trois jours sur son rocher le malheureux pleura ;
Et trois jours les échos des cavernes profondes
Répétèrent au loin : Comala ! Comala !...

Il souffrit le tourment de la soif qui dévore ;
Enfin un long soupir de son cœur s'exhala ;
Il mourut, le poëte, et murmurait encore
En roulant dans les flots le nom de Comala !

IX.

Mais Comala revint huit jours après dans l'île ;
Son repos de la nuit n'était jamais tranquille,
Le spectre d'Hidallan la suivait pas à pas.
Mais au lieu d'Hidallan, dans l'île solitaire,
Elle trouva son corps, elle le mit en terre
     Sous ce rocher, là-bas !

Mais un soir Comala, car il faut qu'elle vive,
Dans ces lieux désolés, promenait sur la rive
Sa peine inconsolable et son remords amer ;
Le spectre d'Hidallan, pâle, apparaît sur l'onde ;
Comala jette un cri dans sa terreur profonde
     Et tombe dans la mer.

Bien des pêcheurs ont vu, lorsque vient la nuit sombre,
Sur les flots agités au loin glisser une ombre,
Tous, ils ont entendu ses cris et ses sanglots ;
Puis aussi les doux sons d'une harpe invisible,
Qui chante les tourments d'un cœur aimant, sensible
     Et souffrant mille maux.

Si l'ombre de la belle aborde le rivage,
Alors qu'elle aperçoit sur le rocher sauvage
Le spectre d'Hidallan, tremblante de remords,
Elle fuit... Les pêcheurs, si la vague est tranquille,
Si le vent souffle heureux, n'approchent pas de l'île
     Consacrée aux deux morts.

Alors que dans un cœur la passion se glisse,
On comblerait plutôt un profond précipice
Que d'en chasser jamais ce dévorant vautour;
Amour, être cruel, quelle est donc ta puissance !
Tu fais tout oublier !... Mais la reconnaissance
    Ce n'est pas de l'amour !...

Saint-Révérien, octobre 1854.

LE CHANT DES ZOUAVES.

A M. MANUEL, SÉNATEUR.

En avant, en avant, les zouaves !
Les Russes, ces troupeaux esclaves,
Ne pourront résister à nos bras valeureux.....
En avant, en avant, les zouaves !
La France est la mère des braves ;
Elle attend de ses fils des exploits généreux...

Qui donc peut mettre son courage
Au-dessus de notre valeur ?
Vienne un péril, vite à l'ouvrage !
Le danger ne nous fait pas peur :
La mort fait frissonner le lâche,
Et pourquoi s'en épouvanter ?...
Le bon Dieu donne à tous leur tâche,
Jusqu'au moment de s'arrêter !.....

En avant, en avant, les zouaves !
Les Russes, ces troupeaux esclaves,
Ne pourront résister à nos bras valeureux !
En avant, en avant, les zouaves !
La France est la mère des braves ;
Elle attend de ses fils des exploits généreux !

Nous aimons les dangers, la gloire,
Les batailles sous un ciel bleu ;
On nous a fait à la victoire,
Là-bas, sous un soleil de feu ;

Mais s'il faut, quand vient la nuit sombre,
Reconnaître les ennemis,
Nous rampons, nous glissons dans l'ombre,
Jusque dans leurs rangs endormis.

En avant, en avant, les zouaves !
Les Russes, ces troupeaux esclaves,
N'oseront résister à nos bras valeureux !
En avant, en avant, les zouaves !
La France est la mère des braves ;
Elle attend de ses fils des exploits généreux !

Tonnez, canons ! brisez, mitraille,
Ces tours, ces forts majestueux ! ·
Mille brèches à la muraille
Par mille coups, par mille feux !
Frappons vite et fort ! Il faut rendre
Nos coups rapides comme un vol !
A l'assaut ! il s'agit de prendre
L'imprenable Sébastopol !

En avant, en avant, les zouaves !
Les Russes, ces troupeaux esclaves,
N'oseront résister à nos bras valeureux !
En avant, en avant, les zouaves !
La France est la mère des braves :
Elle attend de ses fils des exploits généreux !

Nous aimons de la fusillade
L'écho mille fois répété ;
Nous aimons de la canonnade
Le tonnerre et la majesté !
L'obus sifflant comme la foudre ;
Les cris de l'homme en trépassant ;
L'air épais imprégné de poudre,
Et la senteur âcre du sang !

En avant, en avant, les zouaves !
Les Russes, ces troupeaux esclaves,
N'oseront résister à nos bras valeureux !
En avant, en avant, les zouaves !
La France est la mère des braves ;
Elle attend de ses fils des exploits généreux !

Mais quand la trompette guerrière
A sonné la fin du combat,
Notre âme s'agrandit plus fière ;
Oh ! qu'il est heureux le soldat !
Nous tendons une main amie
Au captif... Le sort l'a trahi...
De nos cœurs la haine est bannie ;
Le vaincu n'est plus ennemi !...

En avant, en avant, les zouaves !
Les Russes, ces troupeaux esclaves,
N'oseront résister à nos bras valeureux ;
En avant, en avant, les zouaves !
Dans le péril nos cœurs sont braves,
Mais le combat fini nous sommes généreux !...

6 mai 1855.

A ELLE.

Oh ! toujours, je te vois, comme un espoir suprême,
Dans mes pensers des jours, dans mes rêves des nuits !
Mon Dieu ! si tu pouvais savoir combien je t'aime !
      Et pourtant tu me fuis !...

Oh ! je t'aime, vois-tu ! Cet amour, c'est ma vie ;
Je le garde en mon cœur, trésor par Dieu jeté,
Laisse un peu de bonheur à mon âme ravie
      Ivre de volupté.

La fleur que quelquefois tu mets à ton corsage
A moins que toi d'éclat, de parfum, de fraîcheur ;
J'aime suivre tes pas. L'air reste à ton passage
      Imprégné de bonheur !...

Je voudrais déposer sur tes lèvres de rose
Un baiser plein du feu dont je suis consumé ;
Je veux te demander, et cependant je n'ose,
      Dis-le-moi, suis-je aimé ?

Quand je vois tes yeux noirs (que l'amour me protége !)
Je suis fou de désirs !... Si je pense à ton sein
Je brûle d'en toucher et d'en presser la neige
      Des lèvres, de la main !

Un regard de tes yeux jette au cœur l'espérance
Ou bien le désespoir, la joie ou la douleur ;

D'un mot ta douce voix peut calmer la souffrance
     Ou vouer au malheur.

Il n'est rien, nous dit-on, que le temps n'use ou brise;
Mes désirs, mon amour, jamais ne finiront ;
Oh ! laisse de ta lèvre errer la douce brise,
     Pour rafraîchir mon front !...

Laisse, oh ! laisse ma main presser ta main si fine !
Je t'aime tant ! pourquoi résister à mes vœux?
Oh ! laisse-moi baiser ta bouche purpurine,
     Ton cou, tes noirs cheveux !

Laisse battre ton cœur sur mon cœur, son esclave !
Ma vie est toute en toi, mon amour bien-aimé !...
Dans mes veines en feu je sens courir la lave
     De mon sang enflammé.

Savourons à longs flots la source intarissable
Des plaisirs, de l'amour, de la félicité !
Remplissons jusqu'au bord ta coupe délectable,
     Oh ! douce volupté !...

          15 mai 1855.

L'AIGLE IMPÉRIALE.

Notre aigle, déployant ses ailes,
A repris son vol triomphal,
Et de victoires immortelles,
Sa voix a donné le signal.
Oh ! tremble, autocrate vampire,
Malgré tes esclaves armés ;
Fils des géants de l'autre empire,
Nous vengerons tes opprimés.

Tambours, battez ; vite à nos armes !
Voici le moment du danger.
Vous, esclaves, séchez vos larmes,
Car vos tyrans, blêmes d'alarmes,
Savent que l'on va vous venger !

Toute l'Europe nous contemple ;
Soldats nous serons des héros ;
Du tyran faisons un exemple ;
Brisons le knout de ses bourreaux.
Notre aigle, comme elle s'élance !...
A l'ennemi ! Feu ! partout feu !
Nous sommes, enfants de la France,
Bénis des peuples et de Dieu !

Tambours, battez ; vite à nos armes !
Voici le moment du danger.
Vous, esclaves, séchez vos larmes,
Car vos tyrans, blêmes d'alarmes,
Savent que l'on va vous venger !

En avant, canons et mitraille,
Renversez soldats et remparts ;
La cause est juste ; à la bataille !
Dieu protége nos étendards.
De ses soldats la France est fière ;
A nos exploits battent les cœurs ;
Si nous mourons, l'Europe entière
Pleurera ses libérateurs !...

Tambours, battez ; vite à nos armes !
Voici le moment du danger.
Vous, esclaves, séchez vos larmes,
Car vos tyrans, blêmes d'alarmes,
Savent que l'on va vous venger !

Cet empereur qui, dans sa haine,
Abuse d'un sceptre puissant,
Est un tigre à figure humaine
Altéré de pleurs et de sang.
Ses sujets, accablés d'entraves,
Sont sans amour pour le devoir ;
Gouverner ainsi des esclaves,
C'est avilir peuple et pouvoir...

Tambours, battez ; vite à nos armes ;
Voici le moment du danger ;
Vous, esclaves, séchez vos larmes,
Car vos tyrans, blêmes d'alarmes,
Savent que l'on va vous venger !

Notre aigle vole plus rapide ;
En avant, soldats, en avant !
Suivons-la d'un pas intrépide ;
Elle nous guida si souvent !

Elle sait, ô Moscou ! ta route,
Son vol, qui te sera fatal,
Va se reposer, sans nul doute,
Sur ton palais impérial...

Tambours, battez ; vite à nos armes !
Voici le moment du danger ;
Vous, esclaves, séchez vos larmes,
Car vos tyrans, blêmes d'alarmes,
Savent que l'on va vous venger.

Regardez ! le ciel se colore
A l'horizon d'un rouge-noir ;
C'est Moscou que le feu dévore.
L'autocrate perd tout espoir...
Pour sa couronne et son empire,
Il va crier grâce à genoux !...
Point de grâce ! En France on doit dire :
Soldats, on est content de vous !...

Tambours, battez ; vite à nos armes !
Voici le moment du danger.
Vous, esclaves, séchez vos larmes,
Car vos tyrans, blêmes d'alarmes,
Savent que l'on va vous venger !

Septembre 1854.

JALOUSIE.

L'amour ! félicité qui fait chérir la vie ;
L'amour ! coupe de fiel, quelquefois d'ambroisie,
      Pleine de volupté ;
Mais qui comprend l'amour maintenant dans ce monde ?
Où le plaisir d'aimer est, comme chose immonde,
      Pour un écu jeté !

L'amour vrai, c'est pourtant l'universelle joie ;
C'est l'ange aux yeux d'azur que le ciel nous envoie ;
      C'est l'espoir du souffrant...
Mais l'amour est cruel lorsque la jalousie
Vous déchire le cœur avec la frénésie
      Du tigre dévorant !

Mais il n'est point d'amour sans cette jalousie ;
Dans le fond de la coupe, elle vit dans la lie
      Pour troubler nos plaisirs.
Oui ! mais on est heureux jusque dans sa souffrance ;
C'est un âpre bonheur qui donne l'espérance
      A nos plus chers désirs.

Et ces mille soupçons qui vous traversent l'âme,
Qui vous brisent le cœur de leur torture infâme,
      Sans cesse, à tous moments !
Au lieu d'un paradis riant et plein de charmes,
On se fait un enfer de misères, de larmes
      Et d'atroces tourments !

Elle ronge le cœur de même qu'une hyène ;
On souffre, oh ! c'est horrible ! on pleure ! mais que vienne
      L'ange consolateur,
La souffrance se tait, les yeux sèchent leurs larmes ;
Triste encore on sourit... Un seul instant de charmes
      Est l'oubli du malheur !

Mais c'est surtout la nuit que l'amant solitaire,
Dans son cœur déchiré pleure, se désespère,
      Insensé, malheureux,
Lorsque la jalousie, au milieu de ses songes,
Jette dans son sommeil trahisons et mensonges !...
      C'est affreux ! c'est affreux !

On peut mourir d'amour, de plaisir et d'ivresse,
Palpitant de bonheur au bras de sa maîtresse,
      Trépas délicieux !
(Près d'*elle*, cette mort serait par moi choisie...)
On peut mourir ainsi... Mais de la jalousie
      Rester fou furieux !

Tout fait souffrir, un mot, un regard, un sourire,
Quelquefois fois moins que rien, pourtant c'est un martyre
      Où l'on pleure du sang.
Voilà l'amour : tourment et malheur de la vie !...
Cependant des bonheurs où le ciel nous convie,
      Il est le plus puissant.

21 mai 1855.

SOUVENIR A UNE TOMBE.

(IMITÉ DE L'ANGLAIS.)

Si parfois au milieu du monde
De mon âme ton penser fuit,
Dans la solitude profonde
Toujours ton ombre me poursuit :
C'est à cette heure de silence
Qu'à ton souvenir gracieux,
La douleur de mon cœur s'élance
Et je la cache à tous les yeux.

Si dans la foule où je me mêle,
Au monde j'ai parfois souri,
Oh ! ne me crois pas infidèle
A ta mémoire, objet chéri !
Le monde ne saurait comprendre
Le culte de ma sainte foi ;
Oh ! si les sots pouvaient entendre
Mes soupirs qui ne vont qu'à toi !

Si parmi la foule abusée
Je prends la coupe des festins,
Elle ne peut dans ma pensée
Jeter l'oubli de mes chagrins.
Oh ! qu'il me semble redoutable
D'un breuvage un vase rempli,
Qui peut au chagrin véritable
Donner le bienfait de l'oubli !

Et si les ondes oublieuses
Du Léthé pouvaient délivrer
De ses visions orageuses
Mon âme qui cherche à pleurer,
Je briserais contre la pierre
La coupe qui t'enlèverait
Une larme de ma paupière,
Un seul soupir, un seul regret !

Si tu n'étais dans ma pensée
Combien vide serait mon cœur !
Puis sur ta tombe délaissée
Qui donc sèmerait une fleur ?
Non, non, ma douleur se fait gloire
De te pleurer, de te bénir ;
Que tous de toi perdent mémoire,
Moi je garde ton souvenir.

Je sais que dans ton cœur fidèle
Toi-même en aurais fait autant,
Si Dieu de la scène mortelle
Eût rappelé l'amant constant ;
Mais, ange de son sanctuaire,
Dieu te voulait, cœur plein de foi ;
Un impur amour de la terre
Était trop indigne de toi.

11 juin 1855.

SÉBASTOPOL.

CANTATE.

Fiers de leur superbe puissance
Ils disaient dans leur fol orgueil :
« Pourquoi si loin tes fils, ô France !
» Viennent-ils chercher un cercueil ?
» Malgré vos armes valeureuses,
» Qu'on ne put jamais arrêter,
» Voyez ces phalanges nombreuses,
» Oseriez-vous leur résister ?... »

Il est enfin tombé, le géant de Crimée,
  L'imprenable Sébastopol ;
Il croyait écraser notre vaillante armée,
  Et ses débris couvrent le sol...

Ils disaient : « Angleterre et France
» Un traité de paix vous unit,
» Nous braverons votre alliance
» Derrière nos murs de granit... »
Mais le Dieu vengeur des batailles
Protége encor nos nations ;
Il a fait crouler leurs murailles
Sous le fer de nos bataillons !

Il est enfin tombé, le géant de Crimée,
  L'imprenable Sébastopol ;
Il croyait écraser notre vaillante armée,
  Et ses débris couvrent le sol.

Cette ville, hier si grande encore,
Si fière de ses mille forts,
Tombe sous le feu qui dévore,
Devant nos courageux efforts...
En éclatant, partout les mines
Font sauter les tours, les remparts :
Et l'on voit fumer les ruines
Que surmontent nos étendards...

Il est enfin tombé, le géant de Crimée,
　　L'imprenable Sébastopol ;
Il croyait écraser notre vaillante armée,
　　Et ses débris couvrent le sol.

Regardez nos vieux invalides,
Comme ils se tiennent embrassés !
Ils disent : « Nos fils intrépides
　» Font revivre les temps passés !
　» Comme autrefois, c'est la victoire,
　» C'est l'aigle et son brillant essor ;
　» C'est la bataille, c'est la gloire !...
　» Le vieil empereur vit encor !... »

Enfin il est tombé, le géant de Crimée,
　　L'imprenable Sébastopol ;
Il croyait écraser notre vaillante armée,
　　Et ses débris couvrent le sol.

Mais, hélas ! aux cris d'allégresse
Se mêlent de tristes sanglots ;
Et, mère pleine de tendresse,
La France pleure des héros...
Déjà l'histoire, dans son livre,
Inscrit chaque fait éclatant...
Amis, mourir ainsi, c'est vivre !
L'immortalité vous attend !...

Enfin il est tombé, le géant de Crimée,
      L'imprenable Sébastopol ;
Il croyait écraser notre vaillante armée,
      Et ses débris couvrent le sol.

     Courage, ô ma noble patrie !
     Dieu rendra tes efforts heureux…
     Honneur à toi, troupe aguerrie !
     A toi nos cœurs, à toi nos vœux !…
     Nous verrons les Russes serviles,
     Troupeau vaincu, fuir devant nous ;
     Nos drapeaux flotter sur leurs villes,
     Et la Russie à nos genoux !…

Il est enfin tombé, le géant de Crimée,
      L'imprenable Sébastopol ;
Il croyait écraser notre vaillante armée,
      Et ses débris jonchent le sol !

18 septembre 1855.

MORTE ! *

Hélas ! et tu n'es plus, toi si jeune et si belle !
Je ne pourrai plus voir, oh ! souffrance cruelle,
Ces charmes, ces trésors que la terre a repris.
Peut-être en ce moment la foule insouciante,
Sans souvenir pour toi, joyeuse, souriante,
Foule le vert gazon qui couvre tes débris.

Non ! je ne veux pas voir la place où tu reposes !
Qu'il y croisse à loisir de l'herbe ou bien des roses,
Que m'importe à présent ? C'est assez de savoir
Que tout ce que j'aimais, humanité fragile,
Se flétrit dans la terre ainsi qu'un autre argile...
      Non, je ne veux pas voir !...

Non ! je souffrirais trop !... Je pense à toi sans cesse,
Le temps ne pourra point adoucir ma tristesse,
Les larmes de mes yeux jamais ne tariront...
Si je voyais la place où ton humble poussière
Repose, oh ! ce serait ma souffrance dernière ;...
Au marbre du tombeau je briserais mon front !...

Je la vis dans un bal, aimable et gracieuse ;
OEil noir, front blanc et pur, chevelure soyeuse,
Mon Dieu, qu'elle était belle ! et combien je l'aimai !
On eût dit dans sa grâce une fleur printanière,
Et pourtant elle dort sous un tombeau de pierre
      A tout jamais fermé !

* Il y a dans cette poésie plusieurs strophes imitées.

Nous avons eu tous deux les beaux jours sans nuage ;
Les mauvais à présent demeurent mon partage ;
L'orage ou le ciel pur ne sont plus rien pour toi.
Pourquoi pleurer ta mort ? De ce sommeil sans rêve
J'aime trop le silence éternel et sans trêve ;
Pourquoi le déplorer ? Je le voudrais pour moi !

La mort a d'un seul coup anéanti tes charmes ;
Tant mieux : je n'aurais pu voir sans verser des larmes,
Apporté par les ans, leur dépérissement.
J'aime mieux que l'on cueille une fleur odorante,
Que la voir se flétrir et s'effeuiller souffrante,
                    Puis périr lentement.

Non, je n'aurais pas pu supporter dans ta vie
L'anéantissement de ta beauté flétrie ;
Une aurore si belle exigeait un jour pur.
Tu fus belle toujours jusqu'au seuil de ta tombe ;
Tu t'es éteinte ainsi que l'étoile qui tombe,
Et jette un vif éclat dans les plaines d'azur !

Si tu m'as laissé libre aux plaisirs de la terre,
A la joie, au bonheur... Oh ! combien je préfère
Ta pensée en mon cœur, hélas, pour l'avenir !...
Oh ! l'amour que j'avais pour toi pendant ta vie
Ne peut se comparer qu'à l'amour qui me lie
                    A ton doux souvenir !

8 octobre 1855.

TRISTESSE & DÉCOURAGEMENT.

STANCES.

Quand tout était lugubre et sombre autour de moi,
Quand la raison voilait sa lueur sous le doute,
Que mon cœur se mourait sans espoir et sans foi,
Sans une étoile au ciel pour éclairer ma route;

Dans cette nuit d'esprit, quand l'âme lutte en pleurs,
Que le monde paraît désert et solitaire,
Quand le cœur froid s'éloigne aux cris de nos douleurs,
    Que chacun désespère.

Lorsque changea mon sort, quand l'amour s'envola,
Et quand, prêt à tomber sous les coups de la haine,
Le désespoir me prit... Ta voix me consola;
Jusqu'à la fin tu fus mon étoile sereine.

Je bénis ta lumière, elle veilla sur moi,
Guida mes pas errants comme eût fait l'œil d'un ange;
Et brilla dans la nuit qui me glaçait d'effroi
    Par son horreur étrange.

Je n'ai plus rien au cœur, pas même un peu d'espoir!
Pourtant je suis à peine au matin de ma vie;
Le malheur vieillit tant!... Déjà je touche au soir,
Et l'hiver a passé sur mon âme flétrie.

Hélas! il est bien loin le temps où nous aimions
A parcourir les bois, sombres sous leurs feuillées,

Tandis que le soleil dorait de ses rayons
    Leurs cimes dentelées ;

Nous aimions des oiseaux les concerts gracieux,
Et fouler le gazon verdoyant des prairies,
Pareil en sa splendeur au tapis précieux,
Enrichi d'or, de pourpre, arabesques fleuries ;

A voir les grands bœufs roux sous leur pas lourd et lent,
Écraser pesamment les marguerites frêles,
Et le cheval bondir de son pied vigilant,
    Ainsi qu'avec des ailes.

Que tu me semblais belle en essuyant les pleurs
Du malheureux souffrant que le monde abandonne ;
Ta voix consolatrice allégeait ses douleurs ;
Il te priait ainsi qu'on prie une madone !

Mais, hélas ! tu n'es plus, et mon soleil a lui,
Me laissant de longs jours voilés par les ténèbres,
Mes pas sont chancelants... Ma douce étoile a fui...
    Et mes nuits sont funèbres !

Mon cœur est fatigué d'avoir trop combattu ;
Je me meurs de ta mort. Je sens que je succombe,
Comme l'arbre des bois par les vents abattu...
La mort est un refuge et je cours à la tombe !

Comment vivre ici-bas et séparé de toi ?...
Mes chers liens brisés, le cœur flétri, sans flamme,
Je ne puis mourir plus, car tout est mort en moi...
    Le néant me réclame !...

      30 octobre 1855.

LA PAIX OU LA GUERRE.

POÉSIE.

I.

La paix ! Pourquoi la paix ? Le Français est vainqueur,
Mais la Russie est-elle assez frappée au cœur ?
Avons-nous démoli sa gigantesque force ?
Nous avons seulement égratigné l'écorce,
L'arbre possède encore ses immenses rameaux.
La paix a ses dangers si la guerre a ses maux.
La Baltique est à nous, à nous est la Crimée ;
Envoyons, s'il le faut, une nouvelle armée.
Notre partie est belle, et pourtant l'on pourrait
La perdre par la paix, sans remords, sans regret ?...
Que craignons-nous encor ? Que l'Autriche et la Prusse
Unissent leur puissance à la puissance russe ?
Eh bien ! pendant vingt ans nous avons résisté
A leur triple alliance, au nombre illimité,
A l'Europe en courroux heurtant nos bayonnettes,
Qu'on ouvre notre histoire, on lira leurs défaites !
Voyons nos ennemis, froidement comptons-les,
Nous avons avec nous le Piémont, les Anglais ;
Nous avons vaincu seuls, mais avec l'Angleterre,
Nous pourrions triompher du reste de la terre !
Enlevons au géant le fruit de ses forfaits,
Tous les pays volés, oui, nous aurons la Paix !

II.

A la guerre, aux combats, amis qu'on se prépare ;
Le féroce Kalmouck, le Cosaque barbare,
Sur notre ciel si bleu, sur ce soleil si doux,
Jettent de longs regards d'envie et de courroux !

Du fer et du canon pour le despote russe !
Nous pouvons défier et l'Autriche et la Prusse !
Car nous pouvons compter qu'ils ne resteront pas
Spectateurs inactifs, tranquilles, l'arme au bras...
Nous avons des soldats faits héros par la gloire,
D'illustres généraux que suivra la victoire,
Pélissier, Canrobert, Bosquet et Mac-Mahon,
Et tant d'autres encor dont le glorieux nom
Un jour sera gravé sur une autre colonne
De canons ennemis que la victoire donne !
La France a soif de gloire et ne veut pas de paix ;
En avant ! renversons ces bataillons épais,
Ces esclaves domptés de la sainte alliance !
On peut en notre chef mettre la confiance,
Son nom doit être inscrit en haut du Panthéon,
Il est bien le neveu du Grand-Napoléon ;
En avant !... et prouvons à l'Europe craintive
Ce que peut notre France et son épée active !...

III.

Au bruit de vos exploits, au bruit de vos canons,
Braves soldats, il faut qu'on prononce vos noms
        Toujours avec respect et crainte ;
Pour imiter vos chefs, eh bien ! soyez héros,
Vous avez parmi vous de futurs généraux,
        Des Kléber dont la gloire est sainte !

Les exemples sont grands ; soldats, rappelez-vous
Vos pères... Suivez-les ! — Ils étaient craints de tous,
        Leur nom grondait comme un tonnerre ;
L'Europe frémissait devant ces fiers géants,
Les trônes s'abîmaient dans les gouffres béants
        Que leurs pieds ouvraient dans la terre !

Reverrons-nous encore ces hommes sans pareils ?
Quels noms à soutenir, soldats ! Tous les soleils
        Avaient bronzé leurs fiers visages !
L'Egypte au sol brûlant, l'Italie au ciel doux,

La neige de Russie et l'Espagne en courroux
  Portent marque de leurs passages !...

Du fer et du canon pour les tigres du Nord !
Courage nos guerriers, le triomphe ou la mort !
  L'Europe entière vous contemple,
Faites voler la France à l'immortalité,
Dignes fils des géants, pour la postérité
  Le Panthéon est un beau temple !...

IV.

Dans mes songes des nuits, que chasse le matin,
Avec des cris de mort, j'entends ce chant lointain :

  « Ainsi qu'en mil huit cent douze,
  » France, nous vaincrons tes guerriers!
  » Hurra ! notre gloire et jalouse
  » Des gloires de nos devanciers...
  » Il faut que dans l'eau de la Seine
      » L'on mène
  » Boire nos sauvages coursiers.

  » Hurra, Cosaques, vite en selle !
      » La France en pleurs
  » Nous appartient... Elle est si belle,
      » Sol, ciel et fleurs !

  » Elle est riche pour le pillage
  » En argent, en or, en bijoux;
  » Les femmes ont un fier langage,
  » Un corps flexible pour nos knouts;
  » Et du nectar de leurs vendanges
      » Les anges
  » S'enivreraient, tant il est doux.

  » Hurra, Cosaques, vite en selle !
      » La France en pleurs
  » Nous appartient... Elle est si belle;
      » Sol, ciel et fleurs !

» Allons l'Autriche, allons la Prusse,
» Nous attendons nos alliés ;
» S'il est seul, notre canon russe
» N'osera frapper ces guerriers:
» Mais vite une sainte alliance,
      » La France
» Tombera vaincue à nos pieds !...

» Hurra, Cosaques, vite en selle !
      » La France en pleurs
» Nous appartient... Elle est si belle,
      » Sol, ciel et fleurs !

» La maladie au cœur la mine,
» Nos chefs l'ont assez répété ;
» Il nous ont dit que la famine
» Abat son peuple détesté ;
» Mais engraissons de chairs humaines
      » Leurs plaines,
» Les blés pousseront cet été !...

» Hurra, Cosaques, vite en selle !
      » La France en pleurs
» Nous appartient... Elle est si belle,
      » Sol, ciel et fleurs !...

» Adieu, neiges de la Russie,
» Adieu, la France nous attend...
» Les Francs défendront leur patrie
» D'un bras ferme et d'un cœur vaillant.
» Mais au sabre aigu qu'on nous forge
      » Leur gorge
» Servira de fourreau sanglant !

» Hurra, Cosaques, vite en selle !
      » La France en pleurs
» Nous appartient... Elle est si belle,
      » Sol, ciel et fleurs !... »

V.

O chant fantastique !
Mais pour la Baltique
Anglais et Français
Partent en silence ;
La peur les devance,
Frayant le succès !

Tyran moscovite,
Va, rassemble vite
Tes soldats peureux,
Tes vaisseaux sans nombre ;
Mais ta flotte sombre !
Quel carnage affreux !

Quel est cette ville
Grande, mais débile ?...
C'est Saint-Pétersbourg,
La cité barbare
Dont Paris s'empare
Au bruit du tambour...

Canons et mitraille
Battent la muraille
Qui tremble et gémit ;
Redoublons d'attaques,
Et sus aux Cosaques
Qu'un désert vomit !

La terre est trempée
Du sang que l'épée
Verse sans regret ;...
Mais pas d'indulgence,
Trop tôt la vengeance
S'en repentirait !

Coupez bien les ailes
Aux aigles rebelles

Du czar détrôné ;
Que le tigre russe,
Qu'Autriche et que Prusse ;
Tout soit enchaîné !

Quelle est la fumée
De feux parsemée
Qui rougit là-bas ?...
C'est Moscou sans doute,
Que brûle en sa route
La bombe en éclats.

Plus de czar qui brave ;
Plus de Russe esclave,
De knouts, de bourreaux !
Non ! Dans ces batailles,
Carcans et murailles
Tombent par morceaux !...

VI.

Tout va finir, combats que le sang enveloppe,
Tyrans, qui de lourds fers chargent la vieille Europe ;
    Alors le bonheur et la paix,
Dans les États unis d'une Europe nouvelle,
Fixeront leur séjour... Union éternelle !
    Gloire due au canon français !...

Et libres vous vivrez, pauvres peuples esclaves,
Généreux Polonais, braves parmi les braves,
    Loin d'un czar craint et détesté ;
Tous les pays conquis par force et par surprise,
La France les rendra dans cette heureuse crise
    A leur nationalité.

4 mars 1856.

LA MÈRE AU BERCEAU.

Près de son fils mourant une femme est assise,
Et ses soins maternels, hélas, sont superflus;
De sanglots étouffés sa poitrine se brise,
Mais de ses yeux rougis les pleurs ne tombent plus !...
Les cruels ! ils ont dit : « Le mal est sans remède;
» Dieu seul peut le sauver, en Dieu seul ayez foi ! »
« Il va mourir ! Le ciel ne me vient pas en aide !...
» Dors, mon fils bien-aimé, je veille auprès de toi !

» Déjà depuis long-temps il souffre et moi je veille;
» Oh ! qu'ils sont longs les jours de douleur et d'ennuis !
» Mais quand vient le silence, alors que tout sommeille,
» Seule près du berceau, plus longues sont mes nuits !
» Ma lampe jette encore quelques clartés funèbres ;
» A ses pâles rayons, je tressaille d'effroi...
» Comme elle, il va s'éteindre et tout sera ténèbres...
» Dors, mon fils bien-aimé, je veille auprès de toi.

» Tu vas monter, mon fils, au ciel parmi les anges.
» Si je pouvais te suivre au céleste séjour,
» Te voir le plus brillant des divines phalanges,
» T'adorer à jamais d'un éternel amour !...
» Peut-être qu'un baiser tout brûlant de tendresse...
» Non ! je n'ose poser sur son front enflammé,
» De peur de l'éveiller, une seule caresse !...
» Je souffre auprès de toi, dors, mon fils bien-aimé !

» De son souffle embrasé je respire la flamme;
» De tels tourments pour lui, je n'osais les rêver !

» Mon Dieu ! c'est un miracle ici que je réclame,
» Prends ma vie et mon âme et daigne le sauver !...
» Un mouvement, un mot, un soupir, tout m'alarme ;
» Si je pouvais, mon fils, prendre ton mal pour moi,
» Au prix de tout mon sang t'épargner une larme,
» Oh ! comme avec bonheur je souffrirais pour toi !...

» Encor, toujours, mon Dieu, ce terrible délire,
» Ces soupirs haletants, cette rougeur de feu,
» Ces mots entrecoupés que la fièvre fait dire...
» Le voir, l'entendre ainsi ! Pitié, pitié, mon Dieu !...
» Il se meurt ! il se meurt ! Oh ! laisse-moi le suivre !...
» Révoque, Dieu cruel, l'impitoyable loi ;
» Que je meure avec lui, sans lui je ne puis vivre !
» Entr'ouvre ta paupière, mon fils, souris-moi !... »

Elle exhalait ainsi, sur le berceau penchée
En contemplant son fils, sa touchante douleur,
Quand son âme, déjà de liens détachée,
En souriant montait vers un monde meilleur ;
Bientôt minuit sonna sur le timbre sonore,
Et l'on n'entendit plus le doux chant maternel ;
Cris, sanglots, tout cessa. — Lorsque brilla l'aurore,
Hélas ! tous deux dormaient du sommeil éternel !...

10 mars.

RÊVERIES.

A SA MAJESTÉ L'IMPÉRATRICE.

I.

L'âme pleine de rêveries,
J'aime à les promener parfois
Sur la verdure des prairies
Ou sous l'ombrage des grands bois.

Le soir va venir ; j'examine
Le soleil baissant son essor,
Il couvre la verte colline
D'un long voile de pourpre et d'or.

Quand dans le ciel plein d'harmonie
Ce vaste et lumineux flambeau
Fait place à la lune ternie,
Tout ne paraît-il pas plus beau !

J'aperçois une lueur blanche
Remplacer son disque enflammé ;
L'on dit que chaque étoile penche
Son regard sur quelque être aimé.

Puis un ruisseau dont l'onde est pure
Coule son babil gracieux ;
La brise avec un doux murmure
Rafraîchit mon front soucieux.

Les oiseaux en hymnes joyeuses
Chantent le bonheur et l'espoir,
Et partout les fleurs gracieuses
Chargent de parfum l'air du soir.

L'âme pleine de rêveries,
J'aime à les promener parfois
Sur la verdure des prairies
Ou sous l'ombrage des grands bois.

II.

Et j'entends une voix dans le ruisseau qui passe,
Dans le vent qui gémit en traversant l'espace,
Dans le frémissement du grand arbre agité...
Tout me parle de *lui*, le fils du puissant maître,
    L'enfant qui vient de naître,
Et répondra de suite au nom de Majesté.

Il a reçu de roi le titre à sa naissance;
Il faut qu'il s'habitue à la grande puissance
Que l'avenir lui garde et que Dieu lui promet;
Il doit former son front au poids de la couronne
    Que la France lui donne;
Sur son berceau d'enfant un sceptre est son jouet.

Bien lourds sont quelquefois pour la main qui les porte
Ces signes du pouvoir que chaque trône apporte;
Ils ont souvent tremblé sur des fronts abattus...
Mais ce prince, il aura le talent de son père,
    La grâce de sa mère,
Sa bonté, sa clémence et ses grandes vertus.

Qui sait ce que déjà ce jeune cœur renferme?...
Le sceptre? il le tiendra d'une main forte et ferme,
Il ne pourra mentir et faillir à son nom;
Son père est son exemple, il le suivra sans doute
    Sans se tromper de route;
Il sera noble et grand comme un Napoléon!

Oui, le ciel a souri le jour de sa naissance;
A tous l'air nous sembla d'une plus pure essence,
Et plus doux nous parut le doux parfum des fleurs;
Car chacun est joyeux qu'un fils de l'homme vienne;

Plus tard qu'il s'en souvienne,
Qu'il soulage nos maux et qu'il sèche nos pleurs !

III.

Ainsi s'élèvent mes pensées,
Aux murmures de mille voix,
Sans suivre de routes tracées,
Jusqu'aux trônes et jusqu'aux rois.

Je pense à la mère charmée
De voir un fils lui souriant,
Jeune âme déjà tant aimée
Par tout un peuple confiant.

L'ange protecteur de la France
L'a béni sans doute au berceau ;
Et des destins fixés d'avance,
Le ciel a choisi le plus beau.

Dors, bel enfant, bercé sans rêve
Par l'espérance aux ailes d'or ;
Aux chagrins, le sommeil fait trève ;
Trop tôt, ils prendront leur essor.

Mais non, pour toi point d'insomnie,
Point de douleurs, point de chagrins ;
Dieu t'envoie, ô grâce infinie !
La fée aux magiques refrains !

Non, non, pour toi point de souffrance,
Le ciel a sur toi des projets,
Sois heureux, noble fils de France,
Pour le bonheur de tes sujets...

Ainsi souvent dans nos prairies,
Alors que le soir va venir,
Je promène mes rêveries
Et mes doux songes d'avenir.

5 avril 1856.

PRIÈRE D'UNE MÈRE..

A SA MAJESTÉ L'EMPEREUR.

J'errais un soir, la lune éclairait l'horizon ;
Pensif, je vins au seuil d'une pauvre maison ;
Là je vis une femme, à genoux sur la pierre,
Adresser vers les cieux sa touchante prière ;
Ému, je m'arrêtai soudain à son aspect,
Les rides de son front inspiraient le respect.
Son visage, inondé de larmes abondantes,
Me faisait peine à voir. — Des paroles ardentes
S'échappaient de sa bouche au milieu des sanglots...
J'écoutai tout tremblant et j'entendis ces mots :

« Voilà long-temps, mon Dieu, que loin de sa patrie
» Mon fils gémit proscrit... Je sens ma triste vie
» Se briser chaque jour au milieu des douleurs ;
» J'ai tant souffert, mon Dieu, j'ai tant versé de pleurs
» Que tu devrais enfin prendre en pitié ces larmes ;
» J'espère en toi, Seigneur, l'espoir a tant de charmes,
» D'attraits et de douceur pour les cœurs désolés !
» Mon Dieu, rappelle enfin nos enfants exilés !
» C'est assez pour l'exemple, et c'est trop pour la peine
» Qui déchire nos cœurs... Pourtant, j'en suis certaine,
» Ils étaient égarés et non pas criminels...
» Non ! j'en prends à témoin nos amours maternels...
» Que fait-il maintenant ce fils pour qui j'implore ?
» Sans doute il pense à moi que le chagrin dévore !
» Que son retour prochain finisse mes douleurs ;
» J'oublierai mes tourments, je sècherai mes pleurs,
» Donne-moi le bonheur, ce fils que je réclame...
» Et je te bénirai... Car le cœur d'une femme,

» Ton chef-d'œuvre, Seigneur, ton plus céleste don,
» Est rempli, tu le sais, d'amour et de pardon !
» Qu'on nous rende nos fils et j'oublierai mes peines.
» Que tu dois recevoir de prières humaines
» Dans ces jours malheureux où nos cœurs désolés
» Pensent, pensent toujours à ces chers exilés...
» Plus d'un déjà sans doute à tes côtés repose !...
» Si mon fils était mort !... si loin de moi... je n'ose
» Y penser šans frémir !... mon cœur te maudirait !!!
» Prends en pitié, mon Dieu, par un céleste arrêt,
» Nos enfants en exil, innocents ou coupables...
» De crimes, tu le sais, ils n'étaient pas capables.
» Mais criminels ou non, ils sont assez punis.
» Rends-nous, rends-nous nos fils, mon Dieu, je te bénis !
» La mort vient à pas lents, je la vois m'apparaître ;
» Je vais mourir bientôt, hélas ! demain peut-être !...
» Je voudrais (ô Seigneur, en ta bonté j'ai foi !)
» Un baiser de mon fils, avant d'aller à toi !... »

Comme elle, je priais, et je pleurais comme elle ;
Oh ! c'est triste et touchant, la douleur maternelle !
Pauvre mère, tes pleurs monteront jusqu'aux cieux,
Tu reverras ton fils, ton trésor précieux !...

De ce jour j'espérai, car les mères sont saintes,
Une larme de Dieu pour effacer leurs plaintes !...

Vous avez l'âme grande et le cœur généreux,
Sire, nous vous crions : Grâce et pitié pour eux !!!...

5 mai 1856.

AUX DANSEUSES ESPAGNOLES.

(VERS PUBLIÉS DANS LE *THÉATRE*, JOURNAL DE NANTES.)

Vous avez quelquefois dans des rêves étranges
Vu passer, gracieux, de beaux visages d'anges,
    Vifs papillons aux ailes d'or,
Houris, filles du ciel, ou légères sylphides...
Et quand disparaissaient ces visions rapides,
    Vous murmuriez : Encor, encor !...

    Eh bien ! pour moi ce songe,
    Ce n'est plus un mensonge ;
    Douce erreur où nous plonge
    Un sommeil enchanté ;
    J'ai vu passer rapides
    De légères sylphides,
    Non plus des rêves vides,
    Mais la réalité !...

Oh ! que j'aime à les voir, belles, enchanteresses,
Le visage voilé par les douces caresses
    Des boucles de leurs noirs cheveux,
Le sein tout palpitant et les épaules nues,
Faisant ainsi frémir de choses inconnues
    Les cœurs les moins voluptueux !...

    J'ai vu les Espagnoles,
    Bondissantes et folles,
    Enivrantes créoles,
    Fleurs, papillons, oiseaux.....

La foule haletante,
Se taisait, palpitante,
Puis éclatait, brûlante,
Enivrée, en bravos !...

Oui, l'âme jusqu'aux cieux s'enlève,
Quand Rosa, la houri du rêve,
Comme l'hirondelle s'élève ;
C'est la grâce, c'est la beauté.
J'ai vu la foule tout entière,
N'osant applaudir ou se taire,
Noyée dans un doux atmosphère
De bonheur et de volupté.....

Oh ! je veux les revoir, ces merveilles d'Espagne,
Que le plaisir partout et toujours accompagne,
   Que Paris vous abandonna ;
Elles pourront bientôt, les enivrantes fées,
De couronnes, de fleurs, s'élever des trophées
   Avec ce qu'on leur en donna.

Avril 1852.

FIN.

www.ingramcontent.com/pod-product-compliance
Lightning Source LLC
Chambersburg PA
CBHW061705180626
46818CB00003B/1261